② 被偷走的夜明珠

作者／段磊

故事簡介

常寧公主心愛的夜明珠被偷走了，所有線索都指向錦貓衛的灰雲月，指揮使葉明棠也因此被牽連入獄。金葉子趁夜晚偷偷潛入獄中救出葉明棠，帶他前往紫溪山向醫官錦逸尋求幫助。後來，三人前往夜梟營地打探消息，得知此事與夜梟營前任先鋒官穹冥有關，一場驚天動地的陰謀即將浮出水面……

人物簡介

葉明棠

雁北朝北鎮撫司的指揮使，帶領錦貓衛負責貼身保護皇帝及巡查緝捕等工作。智勇雙全、心思縝密，深得明皇信任。

金葉子

雁北朝北鎮撫司的指揮同知，也是葉明棠的得力助手。有勇有謀，是一名神槍手。

錦逸

雁北朝北鎮撫司的女醫官，精通醫術，擅長製作各種藥丸。只在有任務時才進入北鎮撫司，平日生活在紫溪山，研究草藥。

灰雲月

雁北朝北鎮撫司的鎮撫使，也是斥候小隊的隊長。擅長偵察、探祕，以動作敏捷著稱。

明皇

雁北朝的皇帝，驍勇善戰、勤政愛民，對葉明棠掌管的北鎮撫司信任有加。

常寧公主

明皇最寵愛的女兒，將其視為掌上明珠。

羲和

夜梟營的首領，擅長謀劃，帶領夜梟營常年藏在茂密的樹林深處。

穹冥

曾擔任夜梟營的先鋒官，為了族人，單槍匹馬與猿鵰對戰，之後性情大變，陷入魔障而不能自拔。後來化名為雲中衛，與東廠聯手陷害北鎮撫司。

皇帝最寵愛的女兒常寧公主得到一顆從東海進貢來的夜明珠，公主對它愛不釋手，並將它鑲在鳳冠上。這顆夜明珠白天看起來不過是一顆精巧

的海藍色珠子，晚上卻能發出耀眼的光芒，不僅晶瑩奪目，還散發出淡淡的香味。

常寧公主近日心情煩悶，難以入眠，便將這顆夜明珠裝入香盒，置於床頭。伴隨著螢光和香氣，公主每晚都睡得香甜深沉，失眠的症狀居然完全治好了。

這天夜裡，一隻戴著銀色面具的怪鳥，神不知鬼不覺的潛入守衛森嚴、關卡重重的皇宮，從公主的寢宮裡把這顆價值連城的夜明珠偷走了。

怪鳥得手後，
避開守衛，悄無聲
息的飛出皇宮。

常寧公主從夢中驚醒，發現夜明珠不見了，心裡非常著急。

她立刻召來值夜的宮女，詢問夜明珠在哪裡。宮女們你看我、我看你，都不知道夜明珠的下落。

「那麼多人值夜，竟然沒人看見有人進來！夜明珠一定是被內賊偷走了，要是三日內找不到夜明珠，我就讓父皇將你們全部處死！」公主氣得大吼。

「小的真的沒有偷走夜明珠，請公主饒命。」看見公主震怒，宮女們都嚇得瑟瑟發抖，紛紛跪地求饒。

正當皇宮裡亂成一團的時候，戴著面具的怪鳥已經飛出順天府，鑽進一片紅樹林中。一個戴著斗笠的黑衣人正在那裡等他。

　　「不愧是夜梟營的先鋒官，身手果然不凡。皇城戒備森嚴，閣下這一來一回居然只用了一盞茶的工夫。」黑衣人由衷讚嘆道。

「嘿嘿！我的任務完成了，希望您能說到做到，幫助我奪回失去的一切。」怪鳥冷冷的說。

　　黑衣人抬起頭，他正是先前在城外的小樹林裡，和東廠提督萬江樓密會的黑色大貓。他看起來和葉明棠長得有些相似，但眼神卻充滿殺氣。黑衣人看著手裡的夜明珠，奸笑道：「放心，只要有了這顆小小的夜明珠，葉明棠和他的北鎮撫司算是氣數已盡了。」

在順天府外的茶館裡，回鄉探親歸來的灰雲月，聽到隔壁桌的客人正在談論皇城中夜明珠被盜一事。

錦貓衛的身分使灰雲月警覺到事情的嚴重性，而此時這兩位客人的對話，更是讓他手一抖，握著的茶杯差點掉到地上。

「聽說偷走夜明珠的盜匪跟北鎮撫司有很大的關係。」

「那豈不是賊喊捉賊嗎？官兵和盜匪要是真的互相勾結，我們百姓的日子可就苦不堪言了。」

　　聽到北鎮撫司有可能出事，灰雲月趕緊付了茶錢，展翅飛向天空，朝北鎮撫司的方向飛去。

　　灰雲月心裡明白，北鎮撫司是直接歸皇上管轄，如果真的被牽連其中，恐怕整個北鎮撫司的兄弟們都插翅難逃。

　　可是皇城的戒備如鐵桶般森嚴，夜明珠居然如此輕易被盜走，並且矛頭馬上指向北鎮撫司，讓人覺得事有蹊蹺。

　　「難道此事與東廠的萬江樓有關？」灰雲月的直覺一向很準，他心裡隱約感覺這件事和東廠脫不了關係。

灰雲月剛到北鎮撫司，本來空無一人的府衙門口，突然出現許多手持火銃的神機營士兵。

　　「嫌犯快束手就擒，否則當場射殺。」站在屋頂的將官大聲喊道。

　　「神機營的兄弟，怕是有什麼誤會。我是錦貓衛的鎮撫使灰雲月。」灰雲月回答道。

　　「抓的就是你灰雲月，我們已經在這裡等候多時了。」將官說道。

其實這些神機營的士兵根本不是灰雲月的對手，但是灰雲月怕牽連葉明棠和其他兄弟，只好束手就擒。在兩個士兵的押解下，他來到北鎮撫司的正殿。只見東廠提督萬江樓正坐在葉明棠的靠椅上，他看見灰雲月被押進來時，屬聲說道：

　　「你竟敢夜襲皇宮，偷走為公主驅邪安神的夜明珠！身為朝廷官員，簡直無法無天，其罪當誅。」

　　「一定是有人栽贓陷害，我回鄉探親數日，臨走前已向朝廷報備，怎麼可能在前夜裡進皇宮偷夜明珠！」灰雲月反駁道。

18

「一派胡言！我看你是不見棺材不掉淚。」萬江樓說完，讓隨從扔出一套夜行衣，還有一個銀色面具，聲稱是從灰雲月的屋子裡搜到的。

「冤枉啊！大人，這不是我的。」灰雲月喊道。

「提督大人，事情尚未查明，可否容我調查清楚再說？」看著自家兄弟被押在地上，站在一旁的葉明棠心如刀割。

「葉明棠，還不快交出夜明珠，錦貓衛竟然有逆賊，你也要負起責任。」萬江樓惡狠狠的說。

19

此時，被派去查案的金葉子剛回來，他發現北鎮撫司被神機營的士兵和東廠的廠衛團團包圍，肯定是發生了什麼大事。所以他選擇先不回府衙，悄悄躲在門外的石獅子後面觀察情況。

　　到了晚上，萬江樓手裡拿著北鎮撫司的指揮使印，自言自語道：「葉明棠，就憑你們這幾隻臭貓，也想和我東廠作對！我早就說過北鎮撫司遲早會落入我手中，只是沒想到這一天來得那麼快。」

　　這是一個沒有月亮的夜晚，烏雲遮蔽了天空，黑暗籠罩著順天府，一場大雨即將到來。

　　在關押重犯的詔獄裡，一隊全副武裝的神機營士兵穿過走廊，邊走邊大聲喊著：「神機營奉東廠提督萬大人之命，夜巡詔獄，要向朝廷重犯葉明棠問話，閒雜人等立即迴避。」

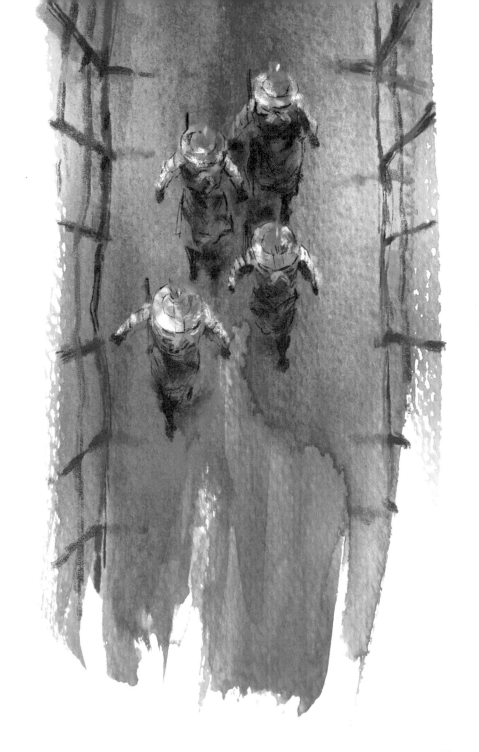

獄卒一看是神機營的人，再加上有東廠提督萬大人的命令，都不敢違抗，趕緊走出詔獄。

已經被脫去飛魚服、換上囚衣的葉明棠雙手戴著手銬，靠在牆邊思索案情。這時，一個神機營的士兵打開牢門，走了進來。

那名神機營的士兵走到葉明棠面前跪了下來。藉著昏黃的火光，葉明棠才看清楚眼前這位身穿神機營軍服的士兵不是別人，正是北鎮撫司的指揮同知金葉子。

「大人，神機營的兄弟雖然不敢違抗命令，但都不相信灰雲月會偷盜夜明珠，所以他們帶我混進這裡先救大人出去，再做打算。」

「好吧！雖然逃獄會讓我罪加一等，可是如果不調查清楚，恐怕北鎮撫司再也沒有未來可言了。」

葉明棠知道，他此時已無退路，先逃出去找到一個落腳處才是唯一的辦法。

在神機營的掩護下，葉明棠換上軍服，和金葉子騎著早就準備好的快馬，連夜離開順天府，直奔城外的紫溪山，去找在山中修行的醫官錦逸。

　　金葉子來劫獄之前，已經先通知錦逸，讓她盡快搜查冒充灰雲月偷盜明珠及栽贓北鎮撫司的罪魁禍首。

很快的，葉明棠逃獄的消息傳到了萬江樓耳裡，他趕緊進宮向明皇稟報。他知道明皇其實不完全相信是北鎮撫司的灰雲月偷走了夜明珠，但現在葉明棠逃獄，等於是承認了灰雲月的罪行。

果然如萬江樓所料，明皇聽到消息後十分震怒，命萬江樓務必將葉明棠和金葉子緝捕歸案，如遇抵抗，格殺勿論。

葉明棠和金葉子連夜趕路，終於到了紫溪山。

按照朝廷的法令，凡是進了詔獄的重犯，十五日內必在刑場處決。要是在十五日內抓不到真凶，灰雲月和其他錦貓衛的性命就難保了。

山路崎嶇狹窄，馬無法通行，兩人便徒步前進。他們穿過一片茂密的樹林，看到前方的山丘上有一間茅屋。

進了茅屋，錦逸沒有馬上向葉明棠和金葉子稟報打探到的消息，而是不慌不忙的倒了首蓿茶給兩人。

　　「錦逸，看你如此鎮定，莫非是有了線索？」葉明棠問道。

　　「我在這山林中，因為替各地的人問診、治病，也結交了許多朋友。因此別說是百里外的順天府，就是漠北的消息，也能很快傳到我這裡。」錦逸笑著說。

　　「不愧是我北鎮撫司的人，我看灰雲月的偵察工作以後也可以交由你來做了。」看著錦逸一副胸有成竹的樣子，金葉子欣慰的談天說笑。

　　接著，錦逸為葉明棠和金葉子準備了飯菜，並且安排他們在天黑之後前往紫溪山深處的夜梟營地。她探聽到夜梟營的首領義和知道冒充灰雲月之人的下落。

日落之後，葉明棠和金葉子跟隨錦逸來到紫溪山深處。一棵如山峰般的巨樹聳立在天地之間，濃密交錯的樹枝間隱約能看到閃爍的燈火。

　　「這裡就是夜梟的營地。」錦逸說完，用一片隨手取下的樹葉吹了一首輕快的曲子。過了一會兒，樹上緩緩垂下一根樹藤，並且從上面傳來一個聲音：「錦逸小姐，上來吧！首領已經恭候多時了。」

　　「有勞了。」錦逸回話。

　　帶路的夜梟營士兵告訴他們，首領義
和只想與葉明棠見面，便請錦逸和金葉
子到接待賓客的房間休息。葉明棠沿著一
根最粗的樹枝走到盡頭，看到一隻身披鎧
甲、威風凜凜的夜梟立在枝頭，他心想：
這位肯定就是義和。

「想不到大名鼎鼎的北鎮撫司指揮使葉明棠也會有求於我夜梟營。」義和不屑的笑道。

「夜梟營藏在紫溪山中，世人皆不知營地在哪裡。今日錦逸帶我們前來，你卻不拒絕，我想應該同樣有求於我們吧？」葉明棠回答道。

「不愧是掌管北鎮撫司的葉明棠，果然屬害。」義和笑著說。

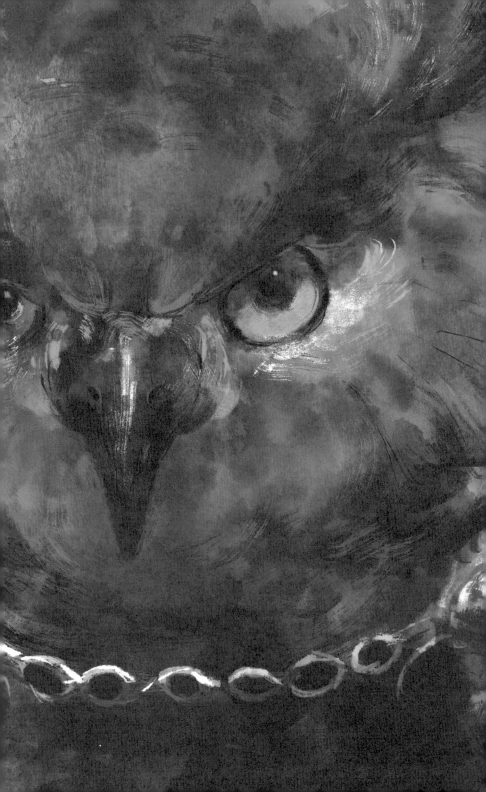

葉明棠想知道這次事件的幕後主使者究竟是誰，義和卻講了一個夜梟的故事給他聽。

　　五年前，夜梟族的足跡遍布太行山和燕山，他們在各林間都設有營地，直到一隻不知道從哪裡來的巨型猿鵰入侵夜梟的領地。

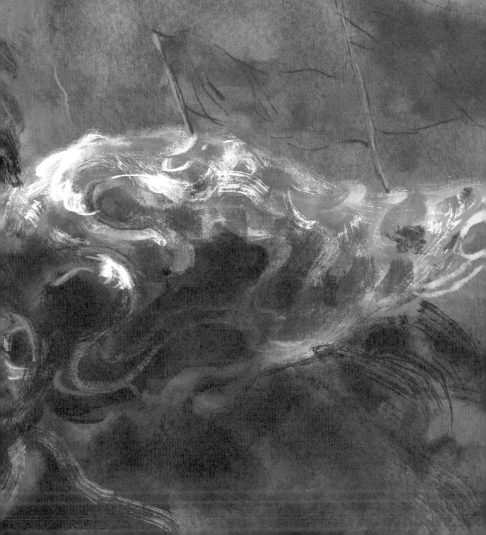

　　為了抵禦猿鵰，夜梟族中的夜梟營、山嵐營和海旗營合力出擊。可惜力量懸殊，山嵐營和海旗營很快就被擊潰，只剩下夜梟營將猿鵰擋在最後的防線——紫溪山。如果保不住這最後的營地，夜梟就會面臨滅族的危險。

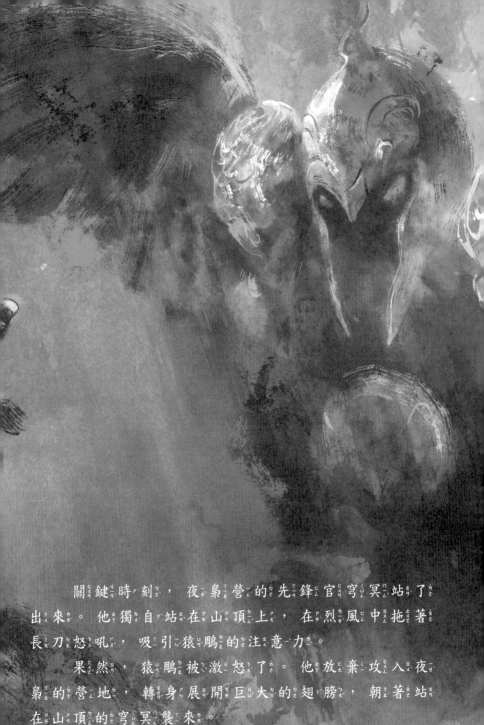

　　關鍵時刻，夜梟營的先鋒官穹冥站了出來。他獨自站在山頂上，在烈風中拖著長刀怒吼，吸引猿鵰的注意力。

　　果然，猿鵰被激怒了。他放棄攻入夜梟的營地，轉身展開巨大的翅膀，朝著站在山頂的穹冥襲來。

被怒火沖昏了頭的猿鵰沒有想到，他已經進入了穹冥設下的陷阱。山頂周圍宛如刀斧般的橫峰亂石，讓他的靈活度大幅下降，穹冥趁勢一躍而起，將長刀刺入猿鵰的心臟。然而，他自己卻來不及脫身，被猿鵰帶起的氣流和猿鵰一起捲入深谷之中。

　　猿鵰最終死在穹冥的長刀之下，可是穹冥卻從此性情大變。他滿身傷痕的站在猿鵰身上，眼神流露出無盡的恨意。他大聲怒吼：「憑什麼！憑什麼夜梟要屈居在山林之中！今日我擊殺了這隻猿鵰，明日我也可以殺進皇城，把皇帝趕下來，讓夜梟一族來掌管天下！等著瞧，我會讓所有的夜梟不再晝伏夜出，藏身在這石峰密林！我要讓天下都臣服於我穹冥！」

之後，穹冥再也沒有回到夜梟營，而倖存的夜梟則躲入紫溪山深處，休養生息，重整旗鼓。

聽完義和說的故
事，葉明棠知道充
灰雲就是冒可能
的能是可宮
內，守衛森嚴的皇
夜明珠。而且，在這
山海間很難找到能超高
越灰雲月的飛行手。

聽完義和說的故事，葉明棠知道灰雲就是冒充能頂可宮的能，守衛森嚴的皇夜明珠。而且，在這山海間很難找到能超越灰雲月的飛行高手。

　　葉明棠和義和訂下協議，先救出灰雲月，再引穹冥現身，阻止穹冥繼續作亂。為了節省時間，葉明棠等人駕著夜梟飛往順天府。

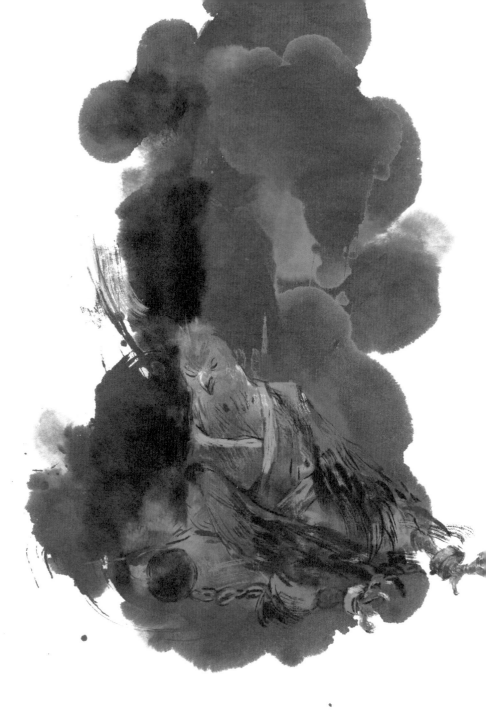

這時候，關在詔獄最深處的灰雲月已經餓得兩眼昏花。自從葉明棠逃獄後，詔獄內就加強了戒備，而且為了逼灰雲月認罪，更是每日只供一餐，飯量也少得可憐。

雖然在這暗無天日的詔獄中受盡折磨，灰雲月還是相信葉明棠一定會回來救自己和錦貓衛的兄弟們。他用爪子在地上劃出一道道刻痕來計算日子，今晚已是行刑前的最後一夜，可是外面依舊沒有任何消息。

「難道北鎮撫司真的已經窮途末路了嗎？」灰雲月的眼神中閃過一絲絕望。

就在此時，牢門外閃爍著微弱的光亮，隨後傳來一陣腳步聲。灰雲月打起精神，看到外面有兩個身影正朝自己走來。

走到近處，灰雲月才看清楚這兩個人的裝扮。前面提著燈籠的人一身東廠的打扮，應該是萬江樓的手下。而另一個人身穿錦貓衛的飛魚服，頭戴銀盔，臉上卻蒙著黑布。儘管如此，從他雙臂上的黑色羽毛和雙腿的樣子，還是能看出此人和灰雲月一樣也是飛禽。

　　兩人走到獄卒面前，對著值班的獄卒頭子耳語了幾句，又往他手裡塞了幾兩碎銀，獄卒頭子便笑咪咪的招呼下屬，撤了出去。

兩人來到灰雲月面前，提燈的東廠廠衛蹲下來，上下打量著狼狽的灰雲月，臉上滿是譏笑的神情。

　　「想不到從前威風凜凜的灰雲月大人會落到如此地步。提督大人說了，只要你把葉明棠指示你偷盜夜明珠，以及他在北鎮撫司內結黨營私的事從實招來，不但可以保你不死，說不定還能讓你官復原職。」

　　「你們顛倒是非，禍亂朝綱。我灰雲月雖然即將行刑，但自古邪不勝正，指揮使大人一定會回來為兄弟們伸冤報仇。」灰雲月怒斥道。

「果然如提督大人所說，北鎮撫司裡都是些又臭又硬的石頭。你不必再對你家主子期待了。從今日起，北鎮撫司由新任的雲大人掌管。」

灰雲月抬頭看向新任指揮使，戴著黑色面布的他，雖然看不清楚長相，但那凶狠的眼神已經讓人不寒而慄。

隔天一早，灰雲月就被押赴刑場。站在他身旁的劊子手磨刀霍霍，那用來斬斷頭顱的大刀上掛著兩枚銅環，被風吹得叮噹作響。

灰雲月大義凜然的站在前面，目光炯炯有神，沒有一絲畏懼。就算這是生命中的最後一刻，他仍然

相信總有一日真相會大白於天下，葉明棠會為大家洗清冤屈，讓正義得到伸張。

身為監斬官的萬江樓，難掩心中的喜悅。他故意把玩著手裡的處決令牌，享受這美妙的時刻。

　　圍觀的百姓大多敢怒不敢言，眼睜睜看著就要被斬首的灰雲月也，卻無能為力。

　　「順天府要不是有葉明棠大人和他手下這些錦貓衛守著，早就天下大亂了。」

　　「是啊！有北鎮撫司在，我們老百姓的日子才能過得安穩。」

　　大家你一言、我一語，都為北鎮撫司的錦貓衛感到惋惜。

「借過一下。」人群中傳來一個熟悉的聲音。

　　一位戴著斗笠、披著斗篷的劍客穿過人群，當他抬起頭的時候，大家都大吃一驚——眼前這位正是朝廷通緝的要犯葉明棠！他從容不迫的神情，好像完全不怕被那些官兵發現。

時辰已到，劊子手舉起手中的大刀朝灰雲月的脖頸處砍去，而灰雲月始終面不改色，等著大刀從空中落下。

　　此時，他心裡只有一個想法：下輩子如果有緣，還要進北鎮撫司，和兄弟們一起出生入死、懲奸除惡。

　　葉明棠拿出一支竹笛，輕輕一吹，笛管竟然噴出了白色濃霧。過了一會兒，整個刑場都被煙霧籠罩，人群開始慌亂起來。

　　「鎮定！大家保持鎮定！」一旁維持秩序的官兵大喊，可是現場已經失控了。霧氣透出一股刺鼻的酸味，所有人都忍不住打起噴嚏，根本停不下來。

　　隨著霧氣越來越濃，連站在眼前的人都看不到了。

　　「小心犯人逃走！循著聲音把吹笛子的人抓住！」萬江樓急得大喊，但是周圍的噴嚏聲已經把葉明棠的笛聲完全掩蓋，根本無法判斷他的位置。不僅如此，更讓萬江樓沒想到的是，圍觀群眾中的長頸鹿正是葉明棠找來的幫手，這霧氣對他來說完全沒有影響，他能清楚的看到現場的情況。

　　「大人，是時候了。」看著這些官兵像無頭蒼蠅一樣亂成一團，長頸鹿趕緊對身邊的葉明棠說道。

　　「救人！」葉明棠用一塊方巾搗住口鼻，衝入濃霧中。

等濃霧散開，
斷頭臺上只剩下一
團麻繩， 灰雲月早
已不知去向。

「還愣著做什麼？趕緊在全城搜查，就算掘地三尺也要把葉明棠挖出來！」萬江樓被徹底激怒了，他十分後悔沒有早點動手。他知道葉明棠的能力，既然他能回來救走灰雲月，就一定有辦法平反誣陷他們的罪狀。

就在萬江樓氣急敗壞的時候，兩個廠衛急急忙忙的跑過來，氣喘吁吁的說道：「詔……詔獄被劫了，錦貓衛被那些神機營的士兵放走了。」

萬江樓當場愣住，張著嘴不知道該說什麼才好。

萬江樓趕到北鎮撫司向雲中衛稟報，雲中衛大怒道：「我早就和主人說過，不能相信你們！」

　　萬江樓不敢反駁，
平日囂張跋扈的九千
歲，在蒙面的雲中衛面
前卻瑟瑟發抖。

　　雲中衛拿起長刀就
往外走，他知道此刻只
有自己親自出馬才能扭
轉局勢。

雲中衛剛從北鎮撫司出來，就聽到一陣熟悉的笛聲，於是他展翅躍上屋頂，看到全身披掛著鎧甲的義和站在不遠處的屋頂上等著自己。

　　義和對他喊道：「果然不出我所料，穹冥，夜梟營的笛聲你是不會忘記的。」

　　「義和，難道你還不明白嗎？我所做的一切都是為了夜梟一族。皇帝已經把北鎮撫司交給我掌管，假以時日，夜梟就不必在山林間躲躲藏藏，我們可以在皇城裡

安身立命，甚至爭奪天下。到那時候，還有誰敢欺負夜梟族！」

「憑我們區區數千隻夜梟，就能掌控天下？你忘了夜梟營先輩的教誨嗎？夜梟一族之所以藏在山林間，並不是怕外族入侵，而是不願被功利誘惑啊！」

「別廢話了，不能做兄弟，那我們就是敵人，我是絕對不會跟你回去的！」穹冥冷笑著站在屋簷上，緩緩舉起手裡的長刀。

「既然如此，我義和只好對不起你了。」義和心裡倍感難受，這位曾經救了夜梟族的英雄，此刻卻殺氣騰騰，眼神充滿妖邪之氣。

義和發出長<ruby>戰<rt>ㄓㄢˋ</rt></ruby>鳴，<ruby>夜<rt>ㄧㄝˋ</rt></ruby><ruby>梟<rt>ㄒㄧㄠ</rt></ruby><ruby>營<rt>ㄧㄥˊ</rt></ruby>的<ruby>身<rt>ㄕㄣ</rt></ruby><ruby>後<rt>ㄏㄡˋ</rt></ruby>他士<ruby>不<rt>ㄅㄨˋ</rt></ruby><ruby>斷<rt>ㄉㄨㄢˋ</rt></ruby>從他<ruby>聚<rt>ㄐㄩˋ</rt></ruby><ruby>集<rt>ㄐㄧˊ</rt></ruby>在他<ruby>湧<rt>ㄩㄥˇ</rt></ruby><ruby>出<rt>ㄔㄨ</rt></ruby>，四<ruby>周<rt>ㄓㄡ</rt></ruby>。

　　穹冥似乎沒有被夜梟營的陣勢嚇到，他緩緩取下頭盔、摘下面布，露出一張滿是傷痕的臉，就連鳥喙上也布滿了刻痕。

　　義和與夜梟營的戰士都愣住了！自從那日穹冥斬殺猿鵰後便離開了夜梟營，之後再也沒有人見過他，誰也不知道他居然傷得那麼重。

「造化弄人，我為夜梟營幾乎付出了性命，如今卻要和各位刀兵相向。果然如主人所說，成大事者注定是孤獨的，今天就讓我和你們這些忘恩負義的傢伙做個了斷吧！」說完，穹冥也同樣對著天空發出長鳴。

一瞬間，數以百計的烏鴉從四面八方飛上屋頂。讓義和感到震驚的是，這些已經很久沒有出現的千山盜餘黨，竟然聽從穹冥的號令，如潮水般朝著夜梟營的戰士們衝過來。

　　「一個活口都不要留下！」穹冥的心智已近瘋魔，要將所有和他想法不同的擋路者除掉。

江千斤領萬千在即將在夜
然率泉營知道他夜
撫司的居然與來，
鎮中衛兵他知道
北雲的烏鴉打了起來，
在中裡起了了起夜
守樓聽到盜城的事不妙，趕緊準備將夜
山皇大事不妙明珠移往其他地方。就在
明珠這時候，雲中衛卻突然出
現在他身後。

　　「究竟發生了什麼事？你怎麼能讓千山盜的烏鴉兵出現在皇城裡？」萬江樓質問道。

　　「要是沒有他們擋住夜梟營，我怎麼能及時趕回北鎮撫司？這裡不安全了，你把夜明珠交給我，我立刻將它帶到城外去。只要夜明珠不在我們手上，葉明棠等人就不能脫罪。」

　　萬江樓早已急得亂了方寸，他沒有多想，就把裝著夜明珠的木匣子交給雲中衛。雲中衛接過匣子後便退到不遠處，慢慢取下面布。

萬江樓嚇得呆若木雞，因為站在他面前的根本不是雲中衛，而是假扮成雲中衛的灰雲月。

　　「灰雲月，你簡直膽大包天，還敢回到北鎮撫司！來人啊！快把這個朝廷重犯就地處決！」萬江樓朝著門外大喊，卻沒有人回應。

　　「萬江樓，北鎮撫司已經重新被錦貓衛接管。你一定想不到，小偷在公主的寢室裡留下了一根夜梟的羽毛。夜梟營已入宮為我作證，如今夜明珠又在你這裡找到，今天要被處決的恐怕是你了。」灰雲月說道。

　　「哼！現在只有你和我在這屋裡，夜明珠在你手上，我伺候皇上多年，你猜他會信你還是會信我？」萬江樓笑道。

「皇上聖明，必定能分辨真假，我看就不勞你費心了。」灰雲月說道。

這時，門外傳來說話聲，萬江樓轉過頭，只見月光下，葉明棠站在門前，並且已經重新穿上飛魚服。

「萬江樓，錦貓衛永遠不會離開北鎮撫司，你現在投降認罪，我會稟報皇上從輕發落。」

「我萬江樓幼年進宮，跟隨當今聖上南征北戰，隨身侍候，才換得九千歲的名號，得以掌管東廠。要不是你們這些北鎮撫司的臭貓從中作梗，我早就成為首輔了。今日就算要拼個你死我活，也休想讓我堂堂提督向你搖尾乞憐。」

萬江樓從書桌下方取出一對護手雙鉤，並且擺開架勢，準備和葉明棠決一死戰。

　　「這裡交給我，你把夜明珠送回宮裡後便速去支援義和，我怕再生變故。」葉明棠對灰雲月說道。

　　「得令。」灰雲月說完，帶著夜明珠展翅飛離。

在北鎮撫司院子裡的千山盜已經被錦貓衛全部制服，紛紛跪在地上求饒。

金葉子讓兄弟們用麻繩把這些惡賊綁好，關進牢獄，等候大理寺處置。

而義和與穹冥一直戰到順天府城外，穹冥的長刀和義和的雙刀勢均力敵，一時難分高下。

「時隔多年，想不到你的刀法居然又精進了不少。」穹冥喘著氣說道。他原本覺得自己十招之內必定能拿下義和，可是現在已經過了數百招，義和卻越戰越勇。

「穹冥，你要學的還多著呢！」義和說完便雙腿後蹬，躍入空中，舉刀朝著穹冥劈下來。穹冥立刻舉刀回擋，卻被這招「羽落」震得兩翅發麻。

不同於義和與穹冥膠著的決戰，北鎮撫司裡的戰鬥很快就見出分曉。儘管萬江樓會一些拳腳功夫，但三兩下就被葉明棠踢飛在地，交出了兵刃。

天快亮的時候，千山盜的烏鴉兵已經被夜梟營全數殲滅。在一輪血紅的朝日下，穹冥仍然在與義和做最後的決鬥。

眼看兩個人都已經精
疲力竭，灰雲月突然從天
而降，用一把長棍擋住了
義和與穹冥的刀刃。

灰雲月告訴穹冥，萬江樓已經被捕，並且承認偷盜夜明珠及栽贓錦貓衛。

「我早就和主人說過萬江樓不可信。今日我穹冥就算戰死在這裡，主人也能賜我不壞金身，榮耀千古。」穹冥憤恨的說道。

灰雲月嘆了口氣，從懷裡拿出一根細細的銀針問道：「你的胸口每隔十五日必會疼痛難忍，但只要服下你家主人給的藥丸便可舒緩，對嗎？」

穹冥愣在原地，輕輕點了點頭。他感到驚訝，灰雲月怎麼會知道這件事！

「你口中的主人在你的玉堂穴插入了毒針，每十五日，毒性便會發作，需要用藥丸止痛。」

「這根銀針難道是從萬江樓身上取出來的嗎？」穹冥問。

「沒錯。此刻他已解了毒，被關入詔獄。」灰雲月答道。

「難道主人一直在騙我？」

「你這神通廣大的主人正是北鎮撫司的前指揮使墨無涯，你不過是他千百個手下之一，只要能擊垮北鎮撫司，不論是你還是千山盜，都死不足惜。」

穹冥徹底醒悟了，原來自己只是別人手裡的棋子而已。

　　「我穹冥罪不可恕，願聽候處置。」說完，他朝義和單膝跪地，拱手將雙刀交出。

　　「只要改邪歸正，你仍然是我夜梟營的一員。皇上念在夜梟營除賊有功，可以讓你功過相抵。但是你要按照夜梟營的規矩，到紫溪山上的雲霞峰面壁三年，不得離開。」義和對穹冥說道。

　　「得令。」穹冥拱手答道。

　　在他們身後，已經化為金色的朝陽發出耀眼的光芒。

　　夜明珠失而復得，常
寧公主喜出望外，夜明珠
失竊案也終於告一段落。

而東廠提督萬江樓則因多年侍奉皇帝有功，被免除死罪，永遠囚禁在詔獄之中，恐怕只能終老於此了。

北鎮撫司恢復了往日的景象，錦貓衛也繼續為了守護百姓而忙碌著。不過他們有了新的目標，就是抓住藏在萬江樓和穹冥背後的幕後黑手——北鎮撫司的前指揮使墨無涯。

國家圖書館出版品預行編目（CIP）資料

錦貓衛2被偷走的夜明珠 / 段磊作. -- 初版. --
新北市：大眾國際書局股份有限公司 大邑文
化, 西元2024. 2
104面；14.2x21公分 . – （魔法學園；9）
ISBN 978-626-7258-51-4（平裝）

859.6   112019014

魔法學園CHH009

錦貓衛2被偷走的夜明珠

作　　　　者	段磊
總　編　輯	楊欣倫
副　主　編	徐淑惠
封　面　設　計	張雅慧
排　版　公　司	菩薩蠻數位文化有限公司
行　銷　業　務	楊毓群、蔡雯嘉、許予璇

出　版　發　行	大眾國際書局股份有限公司 大邑文化
地　　　　址	22069新北市板橋區三民路二段37號16樓之1
電　　　　話	02-2961-5808（代表號）
傳　　　　真	02-2961-6488
信　　　　箱	service@popularworld.com
大邑文化FB粉絲團	http://www.facebook.com/polispresstw

總　經　銷	聯合發行股份有限公司
	電話　02-2917-8022　　　傳真　02-2915-7212

法　律　顧　問	葉繼升律師
初　版　一　刷	西元2024年2月
定　　　　價	新臺幣280元
I　S　B　N	978-626-7258-51-4